浣花雨

董明明 著
王婧旸 绘

北京理工大学出版社
BEIJING INSTITUTE OF TECHNOLOGY PRESS

版权专有　侵权必究

图书在版编目（CIP）数据

浣花雨 / 董明明著；王婧旸绘 . —北京：北京理工大学出版社，2020.6
ISBN 978-7-5682-8469-1

Ⅰ.①浣…　Ⅱ.①董…②王…　Ⅲ.①诗集-中国-当代　Ⅳ.①I227

中国版本图书馆 CIP 数据核字（2020）第 084164 号

出版发行 / 北京理工大学出版社有限责任公司
社　　址 / 北京市海淀区中关村南大街 5 号
邮　　编 / 100081
电　　话 /（010）68914775（办公室）
　　　　　（010）82562903（教材售后服务热线）
　　　　　（010）68948351（其他图书服务热线）
网　　址 / http：//www.bitpress.com.cn
经　　销 / 全国各地新华书店
印　　刷 / 三河市华骏印务包装有限公司
开　　本 / 710 毫米 × 1000 毫米　1/16
印　　张 / 8
彩　　插 / 4
字　　数 / 67 千字
版　　次 / 2020 年 6 月第 1 版　2020 年 6 月第 1 次印刷
定　　价 / 52.00 元

责任编辑 / 李慧智
文案编辑 / 李慧智
责任校对 / 周瑞红
责任印制 / 李志强

图书出现印装质量问题，请拨打售后服务热线，本社负责调换

前言

古体格律森严，似有害意之嫌。然唯如此，方有偶得之乐。其说理只可意会，状物贵在神似，抒情则在字外。耽于此，既可娱己，亦可销时。于花前，于酒后，或吟哦，或集字，虽非大雅，胜在无害。既成，以示同侪，可博一笑，何乐不为？匡论其平仄错落，音韵谐和，与我主业颇有暗合。

大学二年级时，于某校湖畔购得将毕业学姐大学语文二本，始常读诗词，间或涂鸦几篇，毕业时载体和课本一起论斤换酒了。本册所集多为近几年所写，太半成于酒后或通勤之间，手机或电脑免我忘字之虞。文非本业，兼仓促自娱之物，付梓以示人，唯求同乐。

作　者

2020年5月

目录

◆ 浣花雨（昔时相逢）……/ 001

◆ 和网络版《十里红妆女儿梦》……/ 005

◆ 和古情诗（组诗）……/ 009

 1. 和欧阳修《生查子·元夕》（四首）……/ 009

 2. 和秦观《鹊桥仙》（纤云弄巧）……/ 015

 3. 和元好问《摸鱼儿·雁丘词》……/ 019

 4. 和柳永《雨霖铃》（寒蝉凄切）……/ 021

 5. 和苏轼《江城子·乙卯正月二十日夜记梦》……/ 025

 6. 和元稹《离思五首·其四》（四首）……/ 027

 7. 和辛弃疾《青玉案·元夕》（二首）……/ 030

 8. 和古诗《上邪》……/ 034

 9. 和陆游《卜算子·咏梅》（二首）……/ 034

◆ 拟李白诗（四首）……/ 039

 1. 拟李白《关山月》……/ 039

 2. 拟李白《赠孟浩然》……/ 041

 3. 拟李白《月下独酌·其二》……/ 043

4. 改李白《将进酒》为五言……/ 044

◆ **和苏轼词（四首）**……/ 047

    1. 和苏轼《六幺令·天中节》……/ 047

    2. 和苏轼《和子由渑池怀旧》……/ 050

    3. 和苏轼《辛丑十一月十九日既与由别于郑州西门之外》……/ 053

    4. 和苏轼《定风波》（莫听穿林打叶声）……/ 057

◆ **闲来赋诗三首用友人文字意**……/ 059

    1. 虹霓……/ 059

    2. 孤芳……/ 061

    3. 涟漪……/ 063

◆ **初中交流群发言撷句**……/ 065

    1. 二〇一七年三月八日赠初中班女同学……/ 065

    2. 天籁……/ 066

    3. 题某同学摄影……/ 067

    4. 八月二日迟赠某同学……/ 067

    5. 迟暮……/ 071

    6. 情人节……/ 072

    7. 女神（二首）……/ 072

8. 破阵子·反法西斯纪念日……/ 073

◆ **随感杂诗**……/ 075

1. 春日杂感（八首）……/ 075
2. 补李益残诗……/ 081
3. 无题（两首）……/ 081
4. 菩萨蛮（佳节愁缕繁如是）……/ 082
5. 闲愁……/ 084
6. 虞美人（春日无端思万状）……/ 085
7. 浣溪沙（两首）……/ 087
8. 忆秦娥（两首）……/ 091
9. 蝶恋花（独踏花径觅春愁）……/ 092
10. 次韵李清照《鹧鸪天·桂花》……/ 095
11. 无题（十首）……/ 099
12. 秋居……/ 107
13. 剪发……/ 109
14. 望海潮（经年为邻）……/ 111
15. 饮酒（四首）……/ 113
16. 夜读……/ 117
17. 青玉案（杨花漫舞知春暮）……/ 117

浣花雨

昔时相逢，正值豆蔻①，始展蛾眉②。
纤指绕青丝，明眸盈秋水，浅笑微微③。
丹唇轻启，细语如弦④，幽香暗随。
左右茫顾，蓦然无措，只将暄暖对。
欢愉难永，但目送：
裙裾轻扬，凌波渐远⑤，漫天浣花雨霏霏⑥。

柳枝乱舞，繁红纷坠，惆怅难寐。
春潮齐江堤，神光乍离合⑦，空余憔悴。
孤鸿无依⑧，寒鸦呼引⑨，杜宇啼悲⑩。
云淡风清，玉轮高悬⑪，光冷心肝摧⑫。
花影拂墙，疑人至⑬：
轻启柴扉，无语倚门，沾衣欲湿相思泪⑭。

  本科时，流行《同桌的你》，我竟无所动。初疑己本性有异，细思应是经历不同之故。高中时，班里男多女少，蒙班主任信任，让我负责排座位，为示无私兼我本就坐最后一排,一直没给自己排过一个女同桌。至文理分班后,情况犹甚,连自己前排也尽须眉。大学后,已无同桌一说,乃悟自己有女同桌之日竟止于初三。忆初中同桌皆兰心蕙质,于学业对我多有助功,乃自度《浣花雨》以记之。

① **正值豆蔻**:杜牧《赠别》"豆蔻梢头二月初"。

② **始展蛾眉**:李白《长干行》"十五始展眉,愿同尘与灰"。

③ **明眸盈秋水,浅笑微微**:《诗经·卫风·硕人》"巧笑倩兮,美目盼兮";李贺《唐儿歌》"一双瞳人剪秋水"。

④ **细语如弦**:贺铸《行路难》(缚虎手)"笑嫣然,舞翩然,当垆秦女十五语如弦"。

⑤ **凌波渐远**:曹植《洛神赋》"凌波微步,罗袜生尘"。

⑥ **漫天浣花雨霏霏**:浣花是一种草本植物,开白色小花。石孝友《菩萨蛮》(雪香自尽江南陇)"不见浣花人,汀洲空白蘋";杜甫《卜居》"浣花流水水西头,主人为卜林塘幽";张泌《江城子》(碧阑干外小中庭)"浣花溪上见卿卿,脸波秋水明"。

⑦ **神光乍离合**:曹植《洛神赋》"神光离合,乍阴乍阳"。

⑧ **孤鸿无依**:苏轼《卜算子·黄州定慧院寓居作》"惟见幽人独往来,缥缈孤鸿影"。"惟"一作"谁",一作"时"。

⑨ **寒鸦呼引**:张耒《寒鸦词》"朋飞聚噪动百千,颈腹如霜双翅玄"。

浣花雨

⑩ **杜宇啼悲**：辛弃疾《浣溪沙·泉湖道中赴闽宪别诸君》"细听春山杜宇啼，一声声是送行诗"。

⑪ **玉轮高悬**：李商隐《令狐舍人说昨夜西掖[yè]玩月因戏赠》"昨夜玉轮明，传闻近太清"。

⑫ **光冷心肝摧**：李白《长相思》"长相思，摧心肝"。

⑬ **花影拂墙，疑人至**：元稹[zhěn]《明月三五夜》"拂墙花影动，知是玉人来"。

⑭ **沾衣欲湿相思泪**：志南《绝句》（古木阴中系短篷）"沾衣欲湿杏花雨，吹面不寒杨柳风"。

和网络版《十里红妆女儿梦》

2014年某日，网上突现一对剑桥男女同学唱和诗词，一时跟帖无数，颇有佳作。

以下是两位同学原文：

女：
待我长发及腰，将军归来可好？
此身君子意逍遥，怎料山河萧萧。
天光乍破遇，暮雪白头老。
寒剑默听奔雷，长枪独守空壕。
醉卧沙场君莫笑，一夜吹彻画角。
江南晚来客，红绳结发梢。

男：
待卿长发及腰，我必凯旋回朝。
昔日纵马任逍遥，俱是少年英豪。
东都霞色好，西湖烟波渺。
执枪血战八方，誓守山河多娇。
应有得胜归来日，与卿共度良宵。

盼携手终老，愿与子同袍。

上述两首灵感来自何晓道《十里红妆女儿梦》，其中有：

"待我长发及腰，少年娶我可好？
待你青丝绾[wǎn]正，铺十里红妆可愿？
却怕长发及腰，少年倾心他人。
待你青丝绾正，笑看君怀她笑颜。"

于是也参与其中，先以女性视角写了一首，后来偶读岳武穆的《满江红》，又补了男性视角一首。

待我长发及腰，为君盘起可好①？
陌上杨柳春色早②，园中海棠花俏。
望关山信杳，恨锦书难捎。
泪眼细雨清晓③，落红满阶难扫④。
向晚凭栏新月照，池里鸳鸯闹。
日日思君至，坐恐红颜老⑤。

待卿长发齐腰，我必奏凯还朝。
塞外胡马纵天骄⑥，争奈英雄年少⑦。
黄沙穿金甲⑧，霰雪满弓刀⑨。

长车楼兰踏破,轻骑黄龙直捣⑩。

归来并辔临香堤,共赏钱塘春早⑪。

曲径茅檐小,醉里吴音好⑫。

---

① 为君盘起可好:高晓松《同桌的你》歌词"谁把你的长发盘起"。

② 陌上杨柳春色早:王昌龄《闺怨》"忽见陌头杨柳色,悔教夫婿觅封侯"。

③ 泪眼细雨清晓:牛希济《生查子》(春山烟欲收)"残月脸边明,别泪临清晓"。

④ 落红满阶难扫:白居易《长恨歌》"西宫南内多秋草,落叶满阶红不扫";李白《长干行》"苔深不能扫,落叶秋风早"。

⑤ 坐恐红颜老:李白《长干行》"感此伤妾心,坐愁红颜老"。

⑥ 塞外胡马纵天骄:胡人善骑射,自称"天之骄子"。《汉书·匈奴传上》"南有大汉,北有强胡。胡者,天之骄子也";毛泽东《沁园春·雪》"一代天骄,成吉思汗,只识弯弓射大雕"。

⑦ 争奈英雄年少:《汉书·霍去病传》"匈奴不灭,无以家为"。

⑧ 黄沙穿金甲:王昌龄《从军行七首·其四》"黄沙百战穿金甲,不破楼兰终不还"。

浣花雨

⑨ **霰雪满弓刀**：卢纶《和张仆射[yè]塞下曲·其三》"欲将轻骑逐，大雪满弓刀"。

⑩ **长车楼兰踏破，轻骑黄龙直捣**：岳武穆《满江红·写怀》"驾长车，踏破贺兰山缺"。

⑪ **归来并辔临香堤，共赏钱塘春早**：白居易《钱塘湖春行》"乱花渐欲迷人眼，浅草才能没马蹄"。

⑫ **曲径茅檐小，醉里吴音好**：辛弃疾《清平乐·村居》"茅檐低小，溪上青青草。醉里吴音相媚好，白发谁家翁媪"。

浣花雨

和古情诗(组诗)

　　一次酒后上网,看到某论坛遴选的古代十大情诗,决定和一下这十首,唯苏轼的《江城子·乙卯正月二十日夜记梦》,几度尝试未果,后虽勉强和出,多有不尽如人意之处。由于更换电脑,已经和完的十首诗丢失近半。

1. 和欧阳修《生查子·元夕》(四首)

[原作]

去年元夜时,花市灯如昼。
月上柳梢头,人约黄昏后。
今年元夜时,月与灯依旧。
不见去年人,泪湿春衫袖。

[随和]

序

其时刚在父母处过完春节,正在返回的高铁上,念元宵节将至,遂作四首,共祝佳节。

这四首最早发在朋友圈里,以下是原序:

每到元宵节,就会想起欧阳修的《生查子·元夕》,但其结尾略显低迷,故反其意而作四首,以提前恭祝大家元宵节快乐!

其一

去年元夜时,空对灯如昼。
寒月照西楼①,泪眼鲛绡透②。
今年元夜时,兰舟归来骤③。
红烛绿窗暖④,清酒黄昏后⑤。

其二

去年元夜时,花灯明如昼。
秋水绕双眸⑥,漏断人空瘦⑦。
今年元夜时,共约黄昏后。
相伴人似月⑧,皓腕香盈袖⑨。

其三

去年元夜时，寒梅可如旧⑩？

灯悬柳梢头，归思如雨骤。

今年元夜时，暗香黄昏后⑪。

明月怜双影⑫，好云尽遮楼⑬。

其四

去年元夜时，案前灯如豆。

十年寒窗守⑭，墨香铁砚透⑮。

今年元夜时，长安灯如昼。

宫锦⑯青骢马⑰，并辔玉人游⑱。

---

① **寒月照西楼**：张耒《风流子》（木叶亭皋下）"芳草有情，夕阳无语，雁横南浦，人倚西楼"。

② **泪眼鲛绡透**：陆游《钗头凤》（红酥手）"春如旧，人空瘦，泪痕红浥鲛绡透"。

③ **兰舟归来骤**：柳永《雨霖铃》（寒蝉凄切）"留恋处，兰舟催发。执手相看泪眼，竟无语凝噎"。

④ **红烛绿窗暖**：韦庄《菩萨蛮》（红楼别夜堪惆怅）"劝我早归家，绿窗人似花"。

⑤ **清酒黄昏后**：李白《行路难·其一》"金樽清酒斗十千，玉盘珍羞直万钱"。

⑥ **秋水绕双眸**：《庄子·秋水》："秋水时至，百川灌河"。

浣花雨

⑦ 漏断人空瘦：苏轼《卜算子·黄州定慧院寓居作》"缺月挂疏桐，漏断人初静"；陆游《钗头凤·红酥手》"春如旧，人空瘦"。

⑧ 相伴人似月：韦庄《菩萨蛮》（人人尽说江南好）"垆边人似月，皓腕凝霜雪"。

⑨ 皓腕香盈袖：李清照《醉花阴》（薄雾浓云愁永昼）"东篱把酒黄昏后，有暗香盈袖"。

⑩ 寒梅可如旧：王维《杂诗三首·其二》"来日绮窗前，寒梅著花未"。

⑪ 暗香黄昏后：林逋《山园小梅·其一》"疏影横斜水清浅，暗香浮动月黄昏"。

⑫ 明月怜双影：苏轼《少年游·润州作》"恰似姮娥怜双燕，分明照、画梁斜"。

⑬ 好云尽遮楼：罗隐《魏城逢故人》"芳草有情皆碍马，好云无处不遮楼"。

⑭ 十年寒窗守：高明《琵琶记》"十年寒窗无人问，一举成名天下知"。

⑮ 墨香铁砚透：陆游《寒夜读书》"韦编屡绝铁砚穿，口诵手钞那计年"。

⑯ 宫锦：袁枚《祭妹文》"予披宫锦还家"。

⑰ 青骢马：青白杂色的马。《玉台新咏·古诗为焦仲卿妻作》"踯躅青骢马"；苏小小《同心歌》"妾乘油壁车，郎骑青骢马。何处结同心，西陵松柏下"。

⑱ 并辔玉人游：魏了翁《鹧鸪天·十五日同宪使观灯马上得数语》"解后皇华并辔游"。

浣花雨

2. 和秦观《鹊桥仙》（纤云弄巧）

七夕相当于古代的情人节，秦观这首《鹊桥仙》（纤云弄巧）确实令人叹为观止。

[原作]

纤云弄巧，飞星传恨，银汉迢迢暗度。
金风玉露一相逢，便胜却人间无数。
柔情似水，佳期如梦，忍顾鹊桥归路。
两情若是久长时，又岂在朝朝暮暮。

[随和]

络纬弄弦[①]，流萤传信[②]，凌波横塘暗度[③]。
花明月暗一相逢[④]，便了却相思无数。
眠依洛水[⑤]，巫山云梦[⑥]，望断天涯归路。
两情若能久长时，定不负朝朝暮暮[⑦]。

① **络纬弄弦**：李白《长相思·其一》"长相思，在长安。络纬秋啼金井阑，微霜凄凄簟[diàn]色寒"。

② **流萤传信**：杜牧《秋夕》"银烛秋光冷画屏，轻罗小扇扑流萤"。

③ **凌波横塘暗度**：贺铸《青玉案》（凌波不过横塘路）"凌波不过横塘路，但目送、芳尘去"。

④ **花明月暗一相逢**：李煜《菩萨蛮》（花明月暗笼轻雾）"花明月暗笼轻雾，今宵好向郎边去"。

⑤ **眠依洛水**：曹植《洛神赋·序》"黄初三年，余朝京师，还济洛川。古人有言：斯水之神，名曰宓[fú]妃。感宋玉对楚王说神女之事，遂作斯赋"。

⑥ **巫山云梦**：元稹《离思五首·其四》"曾经沧海难为水，除却巫山不是云"。

⑦ **定不负朝朝暮暮**：李之仪《卜算子》（我住长江头）"只愿君心似我心，定不负相思意"。

3. 和元好问《摸鱼儿·雁丘词》

[原作]

问世间，情是何物，直教生死相许？

天南地北双飞客，老翅几回寒暑。

欢乐趣，离别苦，就中更有痴儿女。

君应有语，渺万里层云，千山暮雪，只影向谁去。

横汾路，寂寞当年箫鼓，荒烟依旧平楚。

招魂楚些何嗟及，山鬼暗啼风雨。

天也妒，未信与，莺儿燕子俱黄土。

千秋万古，为留待骚人，狂歌痛饮，来访雁丘处。

浣花雨

[随和]

叹世间，情为何物，竟是生死相许？

天长地迥魂难属①，空守几番寒暑。

恨离别，相思苦，秋水望断天涯路②。

东篱信步,见黄花满树③,万种风情,更与何人诉④。

秋千索,寂寞无心独蹴⑤,彩蝶成双舞。
杨柳堆烟湘妃竹⑥,憔悴日长难暮⑦。
伤心处,雁过时,可是兼程传锦书⑧?
镜里倦顾,泪盈横波目⑨,纱橱香冷⑩,寒夜对银烛⑪。

① **天长地迥魂难属**:李白《长相思》"天长路远魂飞苦,梦魂不到关山难"。

② **秋水望断天涯路**:晏殊《蝶恋花》(槛菊愁烟兰泣露)"昨夜西风凋碧树,独上高楼,望尽天涯路"。

③ **东篱信步,见黄花满树**:李清照《醉花阴》(薄雾浓云愁永昼)"东篱把酒黄昏后,有暗香盈袖。莫道不销魂,帘卷西风,人比黄花瘦"。

④ **万种风情,更与何人诉**:柳永《雨霖铃》(寒蝉凄切)"便纵有千种风情,更与何人说"。

⑤ **秋千索,寂寞无心独蹴**:唐婉《钗头凤》(世情薄)"人成各,今非昨,病魂常似秋千索";李清照《点绛唇》(蹴罢秋千)"蹴罢秋千,起来慵整纤纤手"。

⑥ **杨柳堆烟湘妃竹**:欧阳修《蝶恋花》(庭院深深深几许)"庭院深深深几许,杨柳堆烟,帘幕无重数"。湘妃竹即"斑竹",亦称"泪竹",竿部生黑色斑点。

⑦ **日长难暮**:白居易《上阳白发人》"春日迟,日迟独坐

天难暮"。

⑧ **伤心处，雁过时，可是兼程传锦书**：李清照《声声慢》（寻寻觅觅）"雁过也，正伤心，却是旧时相识"。

⑨ **镜里倦顾，泪盈横波目**：李白《长相思三首·其二》"昔日横波目，今成流泪泉。不信妾肠断，归来看取明镜前"。

⑩ **纱橱香冷**：李清照《醉花阴》（薄雾浓云愁永昼）"玉枕纱厨，半夜凉初透"。

⑪ **寒夜对银烛**：张耒《岁暮书事十二首·其一》"云土暮天迥，雁飞寒夜长"；"不寐看银烛，长吟送羽觞"。

4. 和柳永《雨霖铃》（寒蝉凄切）

　　这十首里，我最熟悉的还是柳永的《雨霖铃》（寒蝉凄切）。与欧阳修的《生查子·元夕》不同，这是高中语文课本中的一篇讲读课文。我在读时，中学语文书中收入古人的词并不多，好像有李清照的《如梦令》（常记溪亭日暮），苏轼的《念奴娇·赤壁怀古》，姜夔的《扬州慢》（淮左名都），辛弃疾的《西江月》（明月别枝惊鹊），《永遇乐·京口北固亭怀古》。柳永的《雨霖铃》

（寒蝉凄切）是唯一一阕以感情为主线的词，在那个年龄，印象非常深。

[原作]

寒蝉凄切，对长亭晚，骤雨初歇。
都门帐饮无绪，留恋处，兰舟催发。
执手相看泪眼，竟无语凝噎。
念去去，千里烟波，暮霭沉沉楚天阔。

多情自古伤离别，更那堪，冷落清秋节。
今宵酒醒何处？杨柳岸，晓风残月。
此去经年，应是良辰好景虚设。
便纵有千种风情，更与何人说！

[随和]

爆竹声乱①，新月如眉②，寒星万点③。
席间对饮无绪④，情难属，举酒连连。
浓醉难掩相思，竟独自黯然。
空遗恨，正年少时，奈何相对喧恶言⑤。

迟来方知惜琴瑟⑥,更那堪,凭栏空嗟叹。

无觅鸿雁传信,旧时书,不厌万遍⑦。

应是梦里,醉中执手相看泪眼。

共叙离别风情事,尽在笑谈间⑧。

① **爆竹声乱**:张伯寿《临江仙》(爆竹声残天未晓)"爆竹声残天未晓,金炉细爇[ruò]沉烟"。

② **新月如眉**:晏几道《南乡子》(新月又如眉),本文写时刚过了正月初一。

③ **寒星万点**:范周《宝鼎现》(夕阳西下)"似乱簇、寒星万点,拥入蓬壶影里"。

④ **席间对饮无绪**:柳永《雨霖铃》(寒蝉凄切)"都门帐饮无绪"。

⑤ **空遗恨,正年少时,奈何相对喧恶言**。刘若英《后来》歌词,"而又是为什么,人年少时,一定要让深爱的人受伤"。

⑥ **迟来方知惜琴瑟**:刘若英《后来》歌词"可惜有些人一旦错过就不再"。

⑦ **无觅鸿雁传信,旧时书,不厌万遍**:吴潜《小至三诗呈景回制干并简同官》"去岁尚传鸿雁信,今年空念鹡鸰[jí líng]诗"。

⑧ **共叙离别风情事,尽在笑谈间**:杨慎《临江仙》(滚滚长江东逝水)"一壶浊酒喜相逢。古今多少事,都付笑谈中"。

5. 和苏轼《江城子·乙卯正月二十日夜记梦》

苏轼的这首《江城子》是悼亡诗词里的精品（不少人评为第一）。这首词和的过程比较曲折，直到一次出差的路上，和初中同学在群里闲聊，突然有所感，一气就和完了，回看发现多处差强人意，几次改动未果，只得作罢。

[原作]

浣花雨

十年生死两茫茫，不思量，自难忘。
千里孤坟，无处话凄凉。
纵使相逢应不识，尘满面，鬓如霜。
夜来幽梦忽还乡，小轩窗，正梳妆。
相顾无言，惟有泪千行。
料得年年肠断处，明月夜，短松冈。

[随和]

十年风雨两茫茫，不思量，意难忘。

山海相隔,无语话温凉。

纵使咫尺难相识,情未老,鬓已霜。

金秋得暇独回庄,倚寒窗,尽书香。

何期万语,化作泪千行。

盼得年年聚首处,金樽满,各尽觞①。

这里"庄"字,指的是自己长大之处,京畿福地大美河北的省会。

---

① **各尽觞**:李白的《金陵酒肆留别》"金陵子弟来相送,欲行不行各尽觞"。

到那首《江城子》,实际上已经和完了十首。更换电脑以后,其他几首多已遗失。以下是后来补和。

6. 和元稹《离思五首·其四》(四首)

[原作]

曾经沧海难为水,
除却巫山不是云。
取次花丛懒回顾,
半缘修道半缘君。

[随和]

其一
锦瑟无人①灰丝满,
香闺独守黯销魂②。
曾经沧海巫山远,
既无流水也无云。

其二

晨雾散尽旭日升,
轻挽云鬓整妆容③。
昨夜辗转心难属,
半是风雨半是晴④。

其三

杨花如雪⑤音信空,
但闻暮鼓晨钟声。
清酒千盏思难尽,
伴烛垂泪到天明⑥。

其四

酒阑方觉情思浓,
犹记对饮蜡灯红⑦。
香笺玉砚温犹在⑧,
已隔蓬山一万重⑨。

① 锦瑟无人:李商隐《锦瑟》"锦瑟无端五十弦,一弦一柱思华年"。

② 黯销魂:程过《满江红·梅》"黯销魂、无奈暮云残角"。

③ 轻挽云鬓整妆容：白居易《琵琶行》"沉吟放拨插弦中，整顿衣裳起敛容"。

④ 半是风雨半是晴：苏轼《定风波》（莫听穿林打叶声）"回首向来萧瑟处，归去，也无风雨也无晴"。

⑤ 杨花如雪：苏轼《少年游·润州作》"今年春尽，杨花似雪，犹不见还家"。

⑥ 伴烛垂泪到天明：杜牧《赠别·其二》"蜡烛有心还惜别，替人垂泪到天明"。

⑦ 蜡灯红：李商隐《无题》（昨夜星辰昨夜风）"隔座送钩春酒暖，分曹射覆蜡灯红"。

⑧ 香笺玉砌温犹在：李煜《虞美人》（春花秋月何时了）"雕栏玉砌应犹在，只是朱颜改"。

⑨ 已隔蓬山一万重：李商隐《无题》（来是空言去绝踪）"刘郎已恨蓬山远，更隔蓬山一万重"。

7. 和辛弃疾《青玉案·元夕》（二首）

[原作]

东风夜放花千树，更吹落、星如雨。

宝马雕车香满路。

凤箫声动，玉壶光转，一夜鱼龙舞。

蛾儿雪柳黄金缕，笑语盈盈暗香去。

众里寻他千百度。

蓦然回首，那人却在，灯火阑珊处。

[随和]

其一

长夜辗转①思难禁②，更那堪、泪如雨。

寒星万点③缀天幕。

晓来风清④，杜宇轻闻，忍看惜别处。

裙裾⑤凌波⑥暗香远，笑语殷勤横波目⑦。

梦里寻她无重数。

蓦然相逢，依人娇语，尽把相思诉。

其二

东风百花香满树⑧，凌波远，芳尘处⑨。

蓦然相逢足难驻，

漫问暄暖，茫然无措，却怕行人顾。

归来日长愁难暮⑩，掩卷空望回廊户。

梦里苦觅千百度，

咫尺相隔,啼唤无闻,竟是天涯路。

---

① **长夜辗转**:徐干《室思》"辗转不能寐,长夜何绵绵"。

② **思难禁**:李煜《虞美人》(风回小院庭芜绿)"烛明香暗画堂深,满鬓清霜残雪思难任"。

③ **寒星万点**:范周《宝鼎现》(夕阳西下)"似乱簇、寒星万点,拥入蓬壶影里"。

④ **晓来风清**:陆龟蒙《白莲》"无情有恨何人觉?月晓风清欲堕时"。

⑤ **裙裾**:常建《古兴》"石榴裙裾蛱蝶飞,见人不语攀蛾眉"。

⑥ **凌波**:曹植《洛神赋》"凌波微步,罗袜生尘"。

⑦ **横波目**:李白《长相思·其二》"昔日横波目,今作流泪泉"。

⑧ **东风百花香满树**:辛弃疾《青玉案·元夕》"东风夜放花千树"。

⑨ **凌波远,芳尘处**:贺铸《青玉案》(凌波不过横塘路)"凌波不过横塘路,但目送、芳尘去"。

⑩ **归来日长愁难暮**:惠洪《青玉案》(丝槐烟柳长亭路)"日永如年愁难度"。

8. 和古诗《上邪》

[原作]

我欲与君相知,长命无绝衰。
山无陵,江水为竭,冬雷震震,夏雨雪,天地合,
乃敢与君绝!

[随和]

愿与君长相守,绵绵无绝期。
泪相属,相思无竭。梦啼难唤,伤离别,天地久,
唯愿与君谐。

浣花雨

9. 和陆游《卜算子·咏梅》(二首)

  本拟和李之仪《卜算子》(我住长江头),一直未果。后来一次听到路边有个老人用半导体听陆游

《卜算子·咏梅》的讲解，随即和了两首，但已经不能算情诗了，姑且放在这里吧。

[原作]

驿外断桥边，寂寞开无主。
已是黄昏独自愁，更著风和雨。
无意苦争春，一任群芳妒。
零落成泥碾作尘，只有香如故。

[随和]

浣花雨

其一

月桥庭院深，朔风入朱门①，
已是繁红花枝满，更有暗香②存。

蕊寒蝶难至③，无语近黄昏。
忽见庭前惊鸟雀，知是踏雪人。

其二

人寻暗香至，曲径入朱门。
遥见双鹊踏花枝④，相依近黄昏。

朔风带雪至,花雨落缤纷,

暂将锦囊收艳骨⑤,冷月葬花魂⑥。

插曲:

初中时家中仅有两本诗词书,一是《唐诗三百首》,一是《毛主席诗词》,我熟读后者。由于附有陆游的原作,也就顺便背下了。一日同桌写陆游《咏梅》读后感时,有一句不太确定,便随口问了我,慨然答出,颇惊讶于语文如此糟烂的我居然知道。于是借我一套《飘》以资鼓励。趁寒假勉力读完,自感其后语文成绩有所长进。

---

① 月桥庭院深,朔风入朱门:贺铸《青玉案》(凌波不过横塘路)"月桥花院,琐窗朱户,只有春知处"。

② 暗香:林逋《山园小梅·其一》"疏影横斜水清浅,暗香浮动月黄昏"。

③ 蕊寒蝶难至:黄巢《题菊花》"飒飒西风满院栽,蕊寒香冷蝶难来"。

④ 双鹊踏花枝:国画传统题材,其寓意:喜上梅(眉)梢。

⑤ 锦囊收艳骨:曹雪芹《葬花吟》"未若锦囊收艳骨,一抔净土掩风流"。

⑥ 冷月葬花魂:曹雪芹《红楼梦》第七十六回"寒塘渡鹤影(史湘云),冷月葬花魂(林黛玉)"。

拟李白诗（四首）

喜欢李白的诗，希望通过仿写加深印象。

1. 拟李白《关山月》

[原作]

明月出天山，苍茫云海间。
长风几万里，吹度玉门关。
汉下白登道，胡窥青海湾。
由来征战地，不见有人还。
戍客望边色，思归多苦颜。
高楼当此夜，叹息未应闲。

[拟作]

冷月悬长天，穿行云海间。

相思几千里，飞度万重山。

玉阶银光满，金风翠叶残①。

拂墙花影动，不见故人还②。

铜樽暗香浅③，红炉绿蚁闲④。

空忆横波目⑤，独坐明镜前。

---

① 翠叶残：李璟《摊破浣溪沙》（菡萏香销翠叶残）"菡萏香销翠叶残，西风愁起绿波间"。

② 拂墙花影动，不见故人还：元稹[zhěn]《明月三五夜》"拂墙花影动，知是玉人来"。

③ 暗香浅：林逋《山园小梅·其一》"疏影横斜水清浅，暗香浮动月黄昏"。

④ 红炉绿蚁闲：白居易《问刘十九》"绿蚁新醅[pēi]酒，红泥小火炉"。

⑤ 横波目：李白《长相思三首·其二》"昔日横波目，今成流泪泉"。

2. 拟李白《赠孟浩然》

[原作]

吾爱孟夫子,风流天下闻。
红颜弃轩冕,白首卧松云。
醉月频中圣,迷花不事君。
高山安可仰,徒此揖清芬。

[拟作]

邻女

邻家有好女,风雅天下闻。
红颜远脂粉①,纤歌遏行云②。
明眸迷月魄,笑靥羞花君。
诗书气自华③,冰雪德清芬。

---

① **红颜远脂粉**:张祜[hù]《集灵台·其二》"却嫌脂粉污

颜色，淡扫蛾眉朝至尊"。

② **遏行云**：王勃《滕王阁序》"爽籁发而清风生，纤歌凝而白云遏"。

③ **诗书气自华**：苏轼《和董传留别》"粗缯大布裹生涯，腹有诗书气自华"。

3. 拟李白《月下独酌（其二）》

[原作]

天若不爱酒，酒星不在天。
地若不爱酒，地应无酒泉。
天地既爱酒，爱酒不愧天。
已闻清比圣，复道浊如贤。
贤圣既已饮，何必求神仙。
三杯通大道，一斗合自然。
但得酒中趣，勿为醒者传。

[拟作]

我本爱美酒，有酒心无愁。

日日玉樽满，无惜千金裘①。

觥筹对知己，乘醉歌高楼。

三杯同生死，一斗烦事休。

神飞九万里，直到天尽头。

圣贤皆为土，饮者名长留②。

但得酒中趣，何必觅封侯③。

① **千金裘**：李白《将进酒》"五花马，千金裘，呼儿将出换美酒，与尔同销万古愁"。

② **圣贤皆为土，饮者名长留**：李白《将进酒》"古来圣贤皆寂寞，惟有饮者留其名"。

③ **何必觅封侯**：方岳《唐律十首·其一》"功名成底事，何苦觅封侯"。

4. 改李白《将进酒》为五言

[原作]

君不见，黄河之水天上来，奔流到海不复回。

君不见，高堂明镜悲白发，朝如青丝暮成雪。

人生得意须尽欢,莫使金樽空对月。

天生我材必有用,千金散尽还复来。

烹羊宰牛且为乐,会须一饮三百杯。

岑夫子,丹丘生,将进酒,杯莫停。

与君歌一曲,请君为我倾耳听。("倾耳听"一作"侧耳听")

钟鼓馔玉不足贵,但愿长醉不复醒。("不足贵"一作"何足贵";"不复醒"一作"不愿醒/不用醒")

古来圣贤皆寂寞,惟有饮者留其名。("古来"一作"自古";"惟""通""唯")

陈王昔时宴平乐,斗酒十千恣欢谑。

主人何为言少钱,径须沽取对君酌。

五花马,千金裘,呼儿将出换美酒,与尔同销万古愁。

[拟作(改五言)]

黄河流天际,到海不复回。

明镜悲白发,青丝已成雪。

得意须尽欢,举酒邀明月①。

天地生我身,岂是蓬蒿材②。

千金安足道,散尽还复来。

频唤岑夫子,丹邱至高台。

直须将进酒,金樽莫复停。

为君歌一曲,请君侧耳听。

何需珍馐美,无意为公卿。

但得佳酿在,长醉不用醒。

圣贤皆死尽[3],饮者留其名。

陈王宴平乐,斗酒恣欢谑。

主人莫问钱,径沽对君酌。

宝马千金裘,将出换美酒。

与君共为饮,同销万古愁。

---

① **举酒邀明月**:李白《月下独酌·其一》"举杯邀明月,对影成三人"。

② **岂是蓬蒿材**:李白《南陵别儿童入京》"仰天大笑出门去,我辈岂是蓬蒿人"。

③ **圣贤皆死尽**:敦煌残卷,唐人抄本李白《将进酒》,原名《惜罇空》,有"古来圣贤皆死尽"。

和苏轼词（四首）

除了前面的《江城子·乙卯正月二十日夜记梦》之外，还间或和了几首苏轼的词，兹录如下：

1. 和苏轼《六幺令·天中节》

[原作]

虎符缠臂，佳节又端午。
门前艾蒲青翠，天淡纸鸢舞。
粽叶香飘十里，对酒携樽俎。
龙舟争渡，助威呐喊，凭吊祭江诵君赋。

感叹怀王昏聩，悲戚秦吞楚。
异客垂涕淫淫，鬓白知几许？
朝夕新亭对泣，泪竭陵阳处。
汨罗江渚，湘累已逝，惟有万千断肠句。

[随和]

六幺令·端午节

序

一年访学行将结束,归意正浓,收到大学同学发来的苏轼这首词,遂按同学要求和了一下。

家国千里,冬日逢端午①。
天寒更兼细雨②,落叶随风舞③。
无觅粽香十里,对酒心难属。
燕雀频顾,聒噪枝头,难耐强把新词赋④。

遥想楚国故地,看龙舟争渡。
依旧沧浪清浊⑤,何处觅忠骨⑥?
空把红巾翠袖⑦,听浅唱低诉。
方宅半亩⑧,青灯古卷⑨,但托此心玄黄⑩处。

---

① **家国千里,冬日逢端午**:此时身处南半球,气候和国内相反,正值初冬。

② **天寒更兼细雨**:李清照《声声慢》(寻寻觅觅)"梧桐更兼细雨,到黄昏、点点滴滴"。

③ **落叶随风舞**：王冕《汶上·其一》"落叶随风舞，孤鸿破雪飞"。

④ **难耐强把新词赋**：辛弃疾《丑奴儿·书博山道中壁》"为赋新词强说愁"。

⑤ **沧浪清浊**：《沧浪之水歌》"沧浪之水清兮，可以濯我缨。沧浪之水浊兮，可以濯我足"。

⑥ **何处觅忠骨**：岳飞墓对联"青山有幸埋忠骨，白铁无辜铸佞臣"。

⑦ **空把红巾翠袖**：辛弃疾《水龙吟·登建康赏心亭》"倩何人唤取，红巾翠袖，揾英雄泪"。

⑧ **方宅半亩**：陶渊明《归园田居·其一》"方宅十余亩，草屋八九间"。

⑨ **青灯古卷**：宋陆游《客愁》"苍颜白发入衰境，黄卷青灯空苦心"。

⑩ **玄黄**：周兴嗣《千字文》"天地玄黄，宇宙洪荒"。

2. 和苏轼《和子由渑池怀旧》

[原作]

人生到处知何似，应似飞鸿踏雪泥：
泥上偶然留指爪，鸿飞那复计东西。

老僧已死成新塔,坏壁无由见旧题。

往日崎岖还记否,路长人困蹇驴嘶。

[随和]

情到深处①知何似?别于红尘若云泥。

纵是惊鸿一瞥②处,此心不复辨东西。

旧情已去随流水③,他日何须复重提。

犹记芳草④携相守,言稠昼短忍别离。

① **情到深处**:纳兰性德《山花子》(风絮飘残已化萍)"人到情多情转薄,而今真个悔多情("悔多情"一作"不多情"),又到断肠回首处,泪偷零"。

② **惊鸿一瞥**:陆游《沈园》"伤心桥下春波绿,曾是惊鸿照影来"。

③ **随流水**:辛弃疾《满江红》(风卷庭梧)"悲欢事,随流水";欧阳修《定风波》(把酒花前欲问公)"不随流水即随风"。

④ **芳草**:苏轼《蝶恋花·春景》"枝上柳绵吹又少。天涯何处无芳草"。

3. 和苏轼《辛丑十一月十九日既与子由别于郑州西门之外》

[原作]

不饮胡为醉兀兀,
此心已逐归鞍发。
归人犹自念庭闱,
今我何以慰寂寞。
登高回首坡垅隔,
惟见乌帽出复没。
苦寒念尔衣裳薄,
独骑瘦马踏残月。
路人行歌居人乐,
僮仆怪我苦凄恻。
亦知人生要有别,
但恐岁月去飘忽。
寒灯相对记畴昔,
夜雨何时听萧瑟。
君知此意不可忘,
慎勿苦爱高官职。

[随和]

世事纷繁难分辨，
是非曲直莫轻断。
只宜回照求本心①，
本心智慧当自现。
无事莫闲论短长，
制心一处②埋头忙。
功名利禄身外事，
空患得失方寸伤。
苦陷业海迷世情，
心有旁骛道难成③。
红颜百媚菩提悟，
美酒千杯般若明④。
万里求仙⑤踏香远，
始解禅境是心平⑥。
阅尽三藏十二部⑦，
万法归一⑧理皆同。

---

① **回照求本心**：慧能法师《坛经》"不识本心，学法无益。若识自本心，见自本性"。

② 制心一处：鸠摩罗什译《遗教经》"纵此心者，丧人善事，制之一处，无事不办"。

③ 苦陷业海迷世情，心有旁骛道难成：李白《庐山谣寄卢侍御虚舟》"早服还丹无世情，琴心三叠道初成"。

④ 红颜百媚菩提悟，美酒千杯般若明：鸠摩罗什译《维摩诘所说经》"入诸淫舍，示欲之过；入诸酒肆，能立其志"。

⑤ 万里求仙：李白《庐山谣寄卢侍御虚舟》"五岳寻仙不辞远，一生好入名山游"。

⑥ 禅境是心平：慧能法师《坛经》"心平何劳持戒，行直何用修禅"。

⑦ 三藏十二部：三藏即经、律、论，十二部即佛说经分为十二类，亦称十二分教，即长行、重颂、孤起、譬喻、因缘、无问自说、本生、本事、未曾有、方广、论议、授记。

⑧ 万法归一：释原妙《偈颂六十七首·其一》"万法归一，一归何处。狭路相逢，两手分付"。

浣花雨

4. 和苏轼《定风波》（莫听穿林打叶声）

[原作]

三月七日，沙湖道中遇雨。雨具先去，同行皆狼狈，余独不觉，已而遂晴，故作此词。

莫听穿林打叶声，何妨吟啸且徐行。
竹杖芒鞋轻胜马，谁怕？一蓑烟雨任平生。

料峭春风吹酒醒，微冷，山头斜照却相迎。
回首向来萧瑟处，归去，也无风雨也无晴。

[随和]

东风吹彻碧窗纱[1]，明月无语画梁斜[2]。
孤灯晓镜思欲断，空叹[3]。梦魂不到[4]书难达。

玉枕[5]难掩胭脂泪[6]，憔悴，时光如水侵芳华[7]。
不见飞鸿传佳讯，频问，何日伴君遍天涯。

① **东风吹彻碧窗纱**：李璟《摊破浣溪沙》（菡萏香销翠叶残）"细雨梦回鸡塞远，小楼吹彻玉笙寒"。

② **画梁斜**：苏轼《少年游·润州作》"恰似姮娥怜双燕，分明照、画梁斜"。

③ **孤灯晓镜思欲断，空叹**：李白《长相思·其一》"孤灯不明思欲绝，卷帷望月空长叹"。

④ **梦魂不到**：李白《长相思·其一》"天长路远魂飞苦，梦魂不到关山难"。

⑤ **玉枕**：李清照《醉花阴》（薄雾浓云愁）"佳节又重阳，玉枕纱厨，半夜凉初透"。

⑥ **胭脂泪**：李煜《相见欢》（林花谢了春红）"胭脂泪，相留醉，几时重"。

⑦ **侵芳华**：白居易《续古诗十首·其七》"凉风飘嘉树，日夜减芳华"。

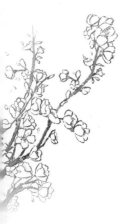

浣花雨

闲来赋诗三首用友人文字意

友人将早年的现代诗发我,颇喜其意境。得暇时,以韵文改写作酬和之用,兹选三首如下:

1. 虹霓

[原文]

你是一个宛如肥皂泡般的人,
带着各种颜色,
总是以不同的颜色示人,
想要抓也抓不住。
一有人想要抓住你,
你就"啪"地应声破掉,
然后消失。
所以,
只能静静地看着你,
才能够让你不破掉,

可是就算我只在一旁看着，

有时候你也会轻飘飘地靠过来，

让我看到你美丽的颜色，

让我觉得很高兴。

我现在还会梦到你，

你好吗？

[改写韵文]

叹你若飞虹，七彩露华浓①。

缤纷②以示人，欲揽素手空③。

香车谁家树④，消散随轻风。

唯可遥相望，缥缈伴孤鸿⑤。

化为练霓裳⑥，拥我在怀中。

问君可安好，随我入闺梦。

浣花雨

① **七彩露华浓**：李白《清平调·其一》"云想衣裳花想容，春风拂槛[jiàn]露华浓"。

② **缤纷**：陶潜《桃花源记》"芳草鲜美，落英缤纷"。

③ **欲揽素手空**：陆机《拟明月何皎皎》"照之有余辉，揽之不盈手"。

④ **香车谁家树**：冯延巳《鹊踏枝》（几日行云何处去）"百草千花寒食路，香车系在谁家树"。

⑤ **缥缈伴孤鸿**：苏轼《卜算子·黄州定慧院寓居作》"谁见幽人独往来，缥缈孤鸿影"。

⑥ **练霓裳**：《霓裳[cháng]羽衣舞》，唐代中国宫廷乐舞。白居易《霓裳羽衣舞歌》"千歌万舞不可数，就中最爱霓裳舞"。

后记：

一直对文中的"练霓裳"百思不解，后来发现是在改写之前刚看了由梁羽生武侠小说《白发魔女传》改编的电视剧，为之一笑。

2. 孤芳

[原文]

你也会吗？有时，
大厅里欢声笑语，
庆宴中趣味横生，
你却忽然不再言语，扭头走掉？

你倒在床上,却无法睡着,

好像一个人忽然想家;

所有乐趣与言笑都云散烟消,

你哭起来不能自已。你也会吗?

[改写韵文]

问君何时有,笑语满厅堂。

宴坐①妙语殊,一众为卿狂。

倏然寂无声,旋起出回廊。

独自寒衾卧②,无眠怨更长③。

忽然思故里,鲈鱼莼菜香④。

言笑如烟逝,空负好韶光。

泪如梅时雨⑤,闲愁满春江⑥。

浣花雨

① **宴坐**:贯休《无题》"雁荡经行云漠漠,龙湫宴坐雨濛濛"。

② **独自寒衾[qīn]卧**:文廷式《蝶恋花》(每到河桥临泊处)"寒衾卧听萧萧雨"。

③ **怨更[gēng]长**:罗贯中《风云会》第三折"须不是欢娱嫌夜短,早难道寂寞恨更长";《水浒传》第二十一回"半个更次,听得婆惜在脚后冷笑,宋江心里气闷,如何

睡得着。自古道：欢娱嫌夜短，寂寞恨更长"。

④ **忽然思故里，鲈鱼莼[chún]菜香**：《晋书·张翰传》"翰因见秋风起，乃思吴中菰[gū]菜、莼羹、鲈鱼脍，曰：'人生贵得适志，何能羁[jī]宦数千里以要[yāo]名爵乎！'"。

⑤ **泪如梅时雨**：贺铸《青玉案》（凌波不过横塘路）"梅子黄时雨"。

⑥ **满春江**：张野《风流子》（离思满春江）"离思满春江，当时事、争忍不思量"。

3. 涟漪

[原文]

有首歌叫涟漪，

生活静静似是湖水，全为你泛起生气。

全为你泛起了涟漪，欢笑全为你而起。

生活淡淡似流水，全因为你，变出千般美。

全因为你，变出百样喜，留下欢欣的印记。

静默亦似歌，那感觉像诗，甜蜜是眼中的痴痴意。

做梦也记起这一串日子，幻想得到的优美。

[改写韵文]

有歌名涟漪，对湖相思起。
凡日淡如水，为君得生气。
柔情静流深，欢欣留印记。
静默亦如诗，满目痴情意。
晓来思倩影，夜夜入梦里。

浣花雨

初中交流群发言撷句

初中同学不少在国外,国内多在京、石。建群之初,相聊甚欢,自己也常发点文字以博大家一笑。

1. 二〇一七年三月八日赠初中班女同学

闪闪金鳞①池底游②,
翩翩惊鸿③集沙洲④。
唯有好云遮⑤玉魄⑥,
回眸一笑⑦百花羞⑧。

---

① **金鳞**:万民英《星学大成》"金鳞岂是池中物,不日天书下九重"。

② **池底游**:《庄子·齐物论》"毛嫱[qiáng]、丽姬,人之所美也;鱼见之深入,鸟见之高飞"。

③ **翩翩惊鸿**:曹植《洛神赋》"其形也,翩若惊鸿,婉若游龙"。

④ 集沙洲：苏轼《卜算子·黄州定慧院寓居作》"拣尽寒枝不肯栖，寂寞沙洲冷"。

⑤ 好云遮：罗隐《魏城逢故人》"芳草有情皆碍马，好云无处不遮楼"。

⑥ 玉魄：春台仙《游春台诗》"玉魄东方开，嫦娥逐影来"。

⑦ 回眸一笑：白居易《长恨歌》"回眸一笑百媚生，六宫粉黛无颜色"。

⑧ 百花羞：《西游记》第二十八至三十一回，宝象国的三公主，乳名百花羞。

2. 天籁

因赞某同学歌喉美妙，作此回文。

澄心静闻仙乐①清，
清乐仙闻静心澄。
明月随曲舞云彩，
彩云舞曲随月明。

浣花雨

① 仙乐：白居易《琵琶行》"今夜闻君琵琶语，如听仙乐耳暂明"。

3. 题某同学摄影

某同学素与我酒肉情深,都热衷于摄影,他在群里分享了一张花的照片,众人皆赞,我亦在其中。

亭亭忘忧草①,
纤纤粉蕊摇。
将军慧眼具,
妙手丹青调②。

---

① **忘忧草**:此处指黄花菜。
② **丹青调**:此处指用PS软件调整了一下照片的色温。

4. 八月二日迟赠某同学

某同学建军节与同年退伍战友相约饮酒,某感其情,发帖以记之,文字略有改动。

席间一坛酒，共饮庆建军。
举杯邀战友，皆是卸甲人。

众醉我独醒，无语对金樽①。
世平名将隐，空老入红尘。

愿怀七尺剑，万里度关山②。
百战平胡虏③，鞭敲玉镫还④。

归来辞帝京⑤，白衣踏归程。
曲径茅檐小⑥，深藏功与名⑦。

---

① 金樽：李白《行路难·其一》"金樽清酒斗十千，玉盘珍羞直万钱"。

② 万里度关山：《木兰辞》"万里赴戎机，关山度若飞"。

③ 平胡虏：李白《子夜吴歌·秋歌》"何日平胡虏，良人罢远征"。

④ 鞭敲玉镫还：俗语"鞭敲金镫响，齐唱凯歌还"。

⑤ 辞帝京：白居易《琵琶行》"我从去年辞帝京，谪居卧病浔阳城"。

⑥ 曲径茅檐小：辛弃疾《清平乐·村居》"茅檐低小，溪上青青草"。

⑦ 深藏功与名：李白《侠客行》"事了拂衣去，深藏身与名"。

5. 迟暮

岁已蹉跎,而事无所成,常惶恐忧虑,以至无眠,遂起码字以自娱。

池畔柳老绵方尽①,床头烛灭泪始干②。
秋娘③沦落商贾处,春蕊飘零沧浪间。
晓镜云鬟披残雪,夜吟月华涴朱颜④。
鸳鸯日久懒相顾,菡萏香销翠叶残⑤。

---

① 柳老绵方尽:陆游《沈园二首·其二》"梦断香消四十年,沈园柳老不吹绵"。

② 烛灭泪始干:李商隐《无题》(相见时难别亦难)"春蚕到死丝方尽,蜡炬成灰泪始干"。

③ 秋娘:白居易《琵琶行》"曲罢曾教善才服,妆成每被秋娘妒"。

④ 晓镜云鬟披残雪,夜吟月华涴朱颜:李商隐《无题》(相见时难别亦难)"晓镜但愁云鬓改,夜吟应觉月光寒"。

⑤ 菡萏香消翠叶残:李璟《摊破浣溪沙》(菡萏香销翠叶残)"菡萏香销翠叶残,西风愁起绿波间"。

6. 情人节

情人节里情人话,相思泪下相思情。
千杯薄酒愁肠转,万缕愁绪到天明。

7. 女神(二首)

一日,群中争述少时女神之态,亦发帖以博一笑。

其一

万千宠爱初长成①,
情疏迹远②晓风清。
蕊寒香冷绝蜂蝶③,
闲看烟雨任平生④。

---

① **万千宠爱初长成**:白居易《长恨歌》"后宫佳丽三千人,三千宠爱在一身","杨家有女初长成"。

② 情疏迹远：李清照《鹧鸪天·桂花》"暗淡轻黄体性柔。情疏迹远只香留"。

③ 蕊寒香冷绝蜂蝶：黄巢《题菊花》"飒飒西风满院栽，蕊寒香冷蝶难来"。

④ 闲看烟雨任平生：苏轼《定风波》（莫听穿林打叶声）"一蓑烟雨任平生"。

其二

独在幽谷白云中，
篁竹①荫里泉流清。
争奈暗香总难掩，
终有踏雪觅芳踪。

---

① **篁竹**：柳宗元《小石潭记》"隔篁竹，闻水声，如鸣佩环"。

8. 破阵子·反法西斯纪念日

在国外视频了阅兵，想起了辛弃疾的《破阵子·为陈同甫赋壮词以寄之》，遂在通勤路上写了以下文字。

九十建军伟业,神州共览阅兵。

晨曦中英姿飒爽,长风里铁骨铮铮。

沙场展雄风①。

浓烟战车呼啸,苍穹试翼神鹰。

何需紫台连朔漠②,旌旗十万斩黄龙③。

千载享太平。

---

① **沙场展雄风**:辛弃疾《破阵子·为陈同甫赋壮词以寄之》"沙场秋点兵"。

② **何需紫台连朔漠**:杜甫《咏怀古迹·其三》"一去紫台连朔漠,独留青冢向黄昏"。

③ **旌旗十万斩黄龙**:陈毅《梅岭三章·其一》"此去泉台招旧部,旌旗十万斩阎罗"。

随感杂诗

杂七杂八,难以归类。有的是有感而发,有的纯粹是填字,罗列于此,当作一种纪念吧!

1. 春日杂感(八首)

适当春日,百感难诉,计以《春日杂感》为题作八首,第二首时,已至初夏,末首成于次年夏末。

其一
辛夷如面柳如丝①,相对无语两心痴。
落英②带雨湿春袖③,恨未相逢少年时④。

---

① **辛夷如面柳如丝**:白居易《长恨歌》"芙蓉如面柳如眉,对此如何不泪垂"。辛夷,玉兰。

② **落英**:陶潜《桃花源记》"忽逢桃花林,夹岸数百步,中无杂树,芳草鲜美,落英缤纷"。

③ 湿春袖：欧阳修《生查子·元夕》"不见去年人，泪湿春衫袖"。

④ 恨未相逢少年时：赵孟《浣溪沙·李叔固相会间，赠歌者岳贵贵》"罗袖染将修竹翠，粉香吹上小梅枝。相逢不似少年时"。

其二

残红纷堕暮春日，暗月朦胧私语迟①。
长亭十里②忍相送③，正是魂销梦断④时。

---

① 私语迟：白居易《长恨歌》"七月七日长生殿，夜半无人私语时"。

② 忍相送：王留《长安秋草篇·小引》"轻云蔽天寒意动，遂有微霜忍相送"。

③ 长亭十里：于良史《江上送友人》"长亭十里外，应是少人烟"。

④ 魂销梦断：韦庄《女冠子·四月十七》"不知魂已断，空有梦相随"。

其三

万里难隔两相思，情到浓时却转痴。
愿化彩蝶舞君侧，共守花开月落时。

其四

杨花似雪①随风至,相思如雨涨春池②。

何当红烛对相饮,遥忆无猜少年时。

---

① 杨花似雪:苏轼《少年游·润州作》"今年春尽,杨花似雪,犹不见还家"。

② 涨春池:李商隐《夜雨寄北》"君问归期未有期,巴山夜雨涨秋池"。

其五

暗香浮动春水浅,疏影横斜东风闲①。

月照苔痕碧阶上②,烛映流波明镜前。

---

① 暗香浮动春水浅,疏影横斜东风闲:林逋《山园小梅·其一》"疏影横斜水清浅,暗香浮动月黄昏"。

② 苔痕碧阶上:刘禹锡《陋室铭》"苔痕上阶绿,草色入帘青";杜甫《蜀相》"映阶碧草自春色,隔叶黄鹂空好音"。

其六

鸟鸣幽谷青山空,桃李新绽踏香行。

犹记初识春风面①,笑靥如花映日红。

① **春风面**：杜甫《咏怀古迹·其三》"画图省识春风面，环珮空归夜月魂"。

其七

燕忙莺懒①寒食天，芳草杨柳碧相连②。

身如竹鸢去千里，心是明镜对君前。

① **燕忙莺懒**：章桀[jié]《水龙吟》（燕忙莺懒芳残）"燕忙莺懒芳残，正堤上、柳花飘坠"。

② **芳草杨柳碧相连**：李叔同《送别》"长城外，古道边，芳草碧连天"。

其八

春雨如潮①临故城，洗尽世情②贯三生。

蓑衣麻履应仙去③，霓虹千里朝玉京④。

① **春雨如潮**：韦应物《滁州西涧》"春潮带雨晚来急，野渡无人舟自横"。

② **世情**：李白《庐山谣寄卢侍御虚舟》"早服还丹无世

情,琴心三叠道初成"。

③ **应仙去**:沈亚之《别庞子肃》"自为应仙才,丹砂炼几回"。

④ **朝玉京**:李白《庐山谣寄卢侍御虚舟》"遥见仙人彩云里,手把芙蓉朝玉京"。

2. 补李益残诗

李益的残诗为前两句,本人续貂了后两句。

闲庭草色能留马,当路杨花不避人。
画舫红颜善解语,槛外残月最销魂①。

---

① **槛[jiàn]外残月最销魂**:王勃《滕王阁诗》"槛外长江空自流"。

3. 无题(两首)

女儿背诵李方膺的《苍松怪石图题诗》,对其中的"天地本无心，万物贵其真"非常喜爱，遂写了如下四句。

红尘静落芳草碧①，紫泥深沉莲叶亭②。
天地无心皆有爱，万物本真③总关情④。

---

① **芳草碧**：李叔同《送别》"长亭外，古道边，芳草碧连天"。
② **紫泥深沉莲叶亭**：周敦颐《爱莲说》"予独爱莲之出淤泥而不染，濯清涟而不妖，中通外直，不蔓不枝，香远益清，亭亭净植"。
③ **天地无心，万物本真**：李方膺《苍松怪石图题诗》"天地本无心，万物贵其真"。
④ **总关情**：虞集《院中独坐》"何处它年寄此生，山中江上总关情"。

4. 菩萨蛮

序

在石家庄从小学读到高中。本科起在京就读，工作后仅年节回石，频出入于各种聚会。纵如此，

常觉得仿佛从一个异乡到了另一个异乡。

佳节愁缕繁如是,酒阑难禁总相似。
身在故乡楼,心向天际愁①。

席上宾朋满②,萧索应酬懒③。
年年花灯红,岁岁人不同④。

---

① **心向天际愁**:刘眘[shèn]虚《海上诗送薛文学归海东》"旷望绝国所,微茫天际愁"。

② **宾朋满**:魏了翁《次韵李彭州乞鹤于虞万州》"宾朋满座酒如江,雪月风花应接忙"。

③ **应酬懒**:郑国辅《翠微亭》"满眼青山倦应酬,小亭回护颇知休"。

④ **年年花灯红,岁岁人不同**:刘希夷《代悲白头翁》"年年岁岁花相似,岁岁年年人不同"。

5. 闲愁

风和悦鸟性①,日暖促人眠。
妆残倦梳洗②,香冷懒增添③。
心烦百事扰,情远千丝连。
不知何所依,只愿独凭栏④。

---

① **风和悦鸟性**:常建《题破山寺后禅院》"山光悦鸟性,潭影空人心"。

② **妆残倦梳洗**:毛熙震《酒泉子》(闲卧绣帏)"日初升,帘半卷,对妆残"。

③ **香冷懒增添**:李清照《凤凰台上忆吹箫》(香冷金猊[ní])"香冷金猊,被翻红浪,起来慵自梳头"。

④ **独凭栏**:欧阳修《渔家傲》(对酒当歌劳客劝)"凭栏尽日愁无限"。

浣花雨

6. 虞美人

春日无端思万状,心海翻波浪①。
半晌无语独凭栏②,犹记温香软语笑嫣然。

自古多情人易老③,何处觅芳草④。
酒阑难掩几多愁⑤,尽随一弯残月照西楼⑥。

① 心海翻波浪:毛泽东《虞美人·枕上》"堆来枕上愁何状,江海翻波浪"。

② 半晌无语独凭栏:李煜《虞美人》(风回小院庭芜绿)"凭阑半日独无言,依旧竹声新月似当年"。

③ 自古多情人易老:葛长庚《水龙吟·采药径》"多情易老,青鸾何处,书成难寄"。

④ 何处觅芳草:苏轼《蝶恋花·春景》"枝上柳绵吹又少,天涯何处无芳草"。

⑤ 酒阑难掩几多愁:李煜《虞美人》(春花秋月何时了)"问君能有几多愁?恰似一江春水向东流"。

⑥ 一弯残月照西楼:关汉卿《大石调·青杏子》"残月下西楼,觉微寒,轻透衾[qīn]裯[chóu]"。

7. 浣溪沙（两首）

其一

酒浅香浓思悠悠，
柔肠百转①几时休②，
弯月蛾眉细如钩。

梦魂千里泪空流③，
孤影无处赋新愁，
只道天凉好个秋④。

---

① **柔肠百转**：辛弃疾《蝶恋花·和赵景明知县韵》"凉夜愁肠千百转"。

② **几时休**：林升《题临安邸》"山外青山楼外楼，西湖歌舞几时休？"

③ **泪空流**：陆游《诉衷情》（当年万里觅封侯）"胡未灭，鬓先秋。泪空流"。

④ **孤影无处赋新愁，只道天凉好个秋**：辛弃疾《丑奴儿·书博山道中壁》"为赋新词强说愁"；"欲说还休，却道天凉好个秋"。

其二

酒醒方知误佳期①,

乳燕相伴衔春泥,

鸳鸯对雨浴红衣②。

求凰一曲知音远③,

明月何忍照人离④,

难近芳泽握柔荑⑤。

---

① **误佳期**：汪懋麟《误佳期·闺怨》。

② **鸳鸯对雨浴红衣**：杜牧《齐安郡后池绝句》"尽日无人看微雨,鸳鸯相对浴红衣"。

③ **求凰一曲**：司马相如《凤求凰·其一》"凤飞翱翔兮,四海求凰"。

④ **明月何忍照人离**：王安石《泊船瓜洲》"春风又绿江南岸,明月何时照我还"。

⑤ **握柔荑**[tí]：《诗经·卫风·硕人》"手如柔荑,肤如凝脂"。

8. 忆秦娥（两首）

其一

星稀小①，人在红尘心易老。

心易老，痴情未减，华发生早②。

落叶满阶独难扫③，万里相隔音信渺。

音信渺，何时对坐，月圆花好。

---

① **星稀小**：牛希济《生查子·春山烟欲收》"春山烟欲收，天淡星稀小"。

② **华发生早**：苏轼《念奴娇·赤壁怀古》"故国神游，多情应笑我，早生华发"。

③ **落叶满阶独难扫**：白居易《长恨歌》"西宫南内多秋草，落叶满阶红不扫"。

其二

情未了，满目离恨似春草①。

似春草，佳期难觅，夕阳画角②。

独坐把酒方寸扰③，犹记醉里乡音好④。

乡音好,天涯万里,影空信渺。

① **离恨似春草**:李煜《清平乐》(别来春半)"离恨恰如春草,更行更远还生"。
② **夕阳画角**:陆游《沈园二首》"城上斜阳画角哀,沈园非复旧池台"。
③ **方寸扰**:卫宗武《为徐进士天隐赋辟谷和吟》"学仙万虑要屏除,有累俱为方寸扰"。
④ **醉里乡音好**:辛弃疾《清平乐·村居》"醉里吴音相媚好,白发谁家翁媪"。

9. 蝶恋花

独踏花径觅春愁,愁深几许①,人如柳丝瘦②。
日日月下人伴酒③,酒阑红浥鲛绡透④。

春意绵绵画扇旧⑤,朱颜未改,风吹池水皱⑥。
夜半无人⑦听更漏⑧,空惹啼痕⑨满襟袖⑩。

① **愁深几许**:欧阳修《蝶恋花》(庭院深深深几许)"庭

院深深深几许,杨柳堆烟,帘幕无重数"。

② **人如柳丝瘦**:李清照《醉花阴》(薄雾浓云愁永昼)"莫道不销魂,帘卷西风,人比黄花瘦"。

③ **日日月下人伴酒**:冯延巳《鹊踏枝》(谁道闲情抛掷久)"日日花前常病酒,不辞镜里朱颜瘦"。

④ **红浥[yì]鲛[jiāo]绡透**:陆游《钗头凤》(红酥手)"春如旧。人空瘦。泪痕红浥鲛绡透"。

⑤ **春意绵绵画扇旧**:纳兰性德《木兰词·拟古决绝词柬友》"人生若只如初见,何事秋风悲画扇"。

⑥ **风吹池水皱**:冯延巳《谒金门》(风乍起)"风乍起,吹皱一池春水"。

⑦ **夜半无人**:白居易《长恨歌》"夜半无人私语时"。

⑧ **听更漏**:陈济翁《蓦山溪》(薰风时候)"晚风生处,襟袖卷浓香,持玉斝[jiǎ],秉纱笼,倚醉听更漏"。

⑨ **空惹啼痕**:秦观《满庭芳》(山抹微云)"此去何时见也,襟袖上、空惹啼痕"。

⑩ **满襟袖**:方岳《念奴娇》(花风初逗)"与春无负,醉归香满襟袖"。

浣花雨

10. 次韵李清照《鹧鸪天·桂花》

[原作]

暗淡轻黄体性柔。
情疏迹远只香留。
何须浅碧深（"深"一作"轻"）红色，
自是花中第一流。

梅定妒，菊应羞。
画阑开处冠中秋。
骚人可煞无情思，
何事当年不见收。

[次韵]

柔肠百转爱晴柔①。
凌波渐远②只香留，
何须朝暮花前月③，
争奈花落随水流④。

回眸笑⑤，百花羞⑥。

霓裳一曲⑦冠清秋。

却是多情总相似⑧，

烟波江里⑨漾孤舟⑩。

① 爱晴柔：杨万里《小池》"泉眼无声惜细流，树阴照水爱晴柔"。

② 凌波渐远：曹植《洛神赋》"凌波微步，罗袜生尘"。

③ 花前月：陈师道《木兰花减字·赠晁无咎[jiù]舞鬟》"花前月底。谁唤分司狂御史"。

④ 花落随水流：邹亮《古意》"花落随水流，东风吹不起"。

⑤ 回眸笑：白居易《长恨歌》"回眸一笑百媚生，六宫粉黛无颜色"。

⑥ 百花羞：《西游记》第二十八至三十一回，宝象国的三公主，乳名百花羞。

⑦ 霓裳[cháng]一曲：杜牧《过华清宫绝句三首·其二》"霓裳一曲千峰上，舞破中原始下来"。

⑧ 却是多情总相似：杜牧《赠别·其二》"多情却似总无情"。

⑨ 烟波江里：崔颢《登黄鹤楼》"日暮乡关何处是？烟波江上使人愁"。

⑩ 漾孤舟：贺铸《六州歌头》（少年侠气）"似黄粱梦。辞丹凤。明月共。漾孤篷"。

11. 无题（十首）

其一

情疏迹远只香留①，

魂牵梦萦②几时休。

愿植桐花九万里③，

伴君直到天尽头④。

---

① **情疏迹远只香留**：李清照《鹧鸪天·桂花》"情疏迹远只香留"。

② **魂牵梦萦**：刘过《四字令》（情深意真）"思君忆君，魂牵梦萦。翠销香暖云屏，更那堪酒醒"。

③ **桐花九万里**：李商隐《韩冬郎即席为诗相送，一座尽惊。他日余方追吟"连宵侍坐裴回久"之句，有老成之风，因成二绝寄酬兼呈畏之员外·其一》"桐花万里丹山路，雏凤清于老凤声"。

④ **伴君直到天尽头**：曹雪芹《葬花吟》"愿奴胁下生双翼，随花飞到天尽头"。

其二

金风万里①天地悠②,
无边落木③冷清秋④。
酒阑新恨连旧恨,
酒醒旧愁添新愁。

---

① 金风万里：杜牧《秋感》"金风万里思何尽，玉树一窗秋影寒"。

② 天地悠：陈子昂《登幽州台歌》"念天地之悠悠，独怆然而涕下"。

③ 无边落木：杜甫《登高》"无边落木萧萧下，不尽长江滚滚来"。

④ 冷清秋：朱升之《相湖》"半窗修竹翠含雨，一片澄湖冷清秋"。

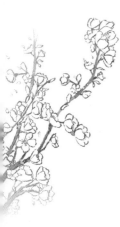

其三

琼楼玉宇①形影单,
未知今夕是何年②。
不忍堕落红尘去,
一片冰心向广寒③。

① 琼楼玉宇：苏轼《水调歌头》（明月几时有）"琼楼玉宇，高处不胜寒"。

② 未知今夕是何年：苏轼《水调歌头》（明月几时有）"不知天上宫阙，今夕是何年"。

③ 一片冰心向广寒：王昌龄《芙蓉楼送辛渐》"洛阳亲友如相问，一片冰心在玉壶"。

其四

桃腮杏眼黛眉新①，

雪肤花貌②碧罗裙③。

怡人暖语百花绽，

回眸一笑④万木春⑤。

① 黛眉新：赵彦端《鹧鸪天·文秀》"丹脸嫩，黛眉新"。

② 雪肤花貌：白居易《长恨歌》"中有一人字太真，雪肤花貌参差是"。

③ 碧罗裙：牛希济《生查子》（春山烟欲收）"记得绿罗裙，处处怜芳草"。

④ 回眸一笑：白居易《长恨歌》"回眸一笑百媚生，六宫粉黛无颜色"。

⑤ **万木春**：刘禹锡《酬乐天扬州初逢席上见赠》"沉舟侧畔千帆过，病树前头万木春"。

其五

君心阴阳殊难料，

朔风骤停艳阳高。

倏忽六月霜雪降①，

粉面含威②带雨娇。

---

① **六月霜雪降**：张耒《上皇兔》"玄兔剖山腹，六月霜雪至"。

② **粉面含威**：曹雪芹《红楼梦》第三回"粉面含春威不露，丹唇未启笑先闻"。

其六

千回万转君不知，

魂牵梦绕总相思。

长亭十里①语难尽②，

海天相隔情转痴③。

---

① **长亭十里**：于良史《江上送友人》"长亭十里外，应是少人烟"。

② **语难尽**：梅尧臣《几道隰[xí]州判官》"话别语难尽，去后空回肠"。

③ **情转痴**：张潮《幽梦影》"情必近于痴而始真，才必兼乎趣而始化"。

其七

少年相见不相识，

流水落花难相知。

岁月如水浮华尽，

归来相望竟成痴。

其八

相逢一笑百怨消①，

盈盈桃花雨后娇②。

万语千言意难尽，

挑灯对饮醉春宵。

---

① **相逢一笑百怨消**：鲁迅《题三义塔》"度尽劫波兄弟在，相逢一笑泯恩仇"。

② **盈盈桃花雨后娇**：徐火勃《咏荔枝膜》"盈盈荷花风前落，片片桃花雨后娇"。

其九

千啼万唤语未通,

相思如缕①舞金风。

宁为涸鲋②对相死,

不效劳燕各西东③。

---

① **相思如缕**：孙惔[dàn]《点绛唇》（烟洗风梳）"愁如缕。系春不住。又折冰枝去"。

② **涸鲋**[fù]：庄周《庄子·内篇·大宗师》"泉涸，鱼相处于陆，相呴[xǔ]以湿，相濡以沫，不如相忘于江湖"，这里反其意。

③ **劳燕各西东**：《乐府·东飞伯劳歌》："东飞伯劳西飞燕，黄姑织女时相见"。

其十

十年寒窗转头空①,

一枕黄粱梦难成②。

唯有野狐孤魂伴,

闲话聊斋到天明。

---

① **十年寒窗转头空**：杨慎《临江仙·滚滚长江东逝水》

"是非成败转头空"。

② 一枕黄粱梦难成：李曾伯《沁园春·送乔宾王》"一枕黄粱，满头白发，屈指旧游能几人"。

12. 秋居

月明枫叶落，云淡菊蕊香。
窗净碧波远，人闲金风凉①。
豆蔻②笄年③羞秋娘④。
芳邻共佳友，闲话诗书长⑤。

---

① 人闲金风凉：王维《鸟鸣涧》"人闲桂花落，夜静春山空"。

② 豆蔻：杜牧《赠别·其二》"豆蔻梢头二月初"。

③ 笄[jī]年：柳永《迷仙引》（才过笄年）"才过笄年，初绾云鬟，便学歌舞"。

④ 秋娘：白居易《琵琶行》"曲罢曾教善才服，妆成每被秋娘妒"。

⑤ 诗书长：陆游《雨中卧病有感》"千载诗书成长物，两京宫阙委胡尘"。

13. 剪发

美人怜秀发，
经年及腰长。
相思随剪断，
忘却负心郎①。

郎回问青丝，
青丝已归尘。
我心如冰雪②，
不伴薄幸人③。

---

① **负心郎**：佚名《望江南》（天上月）"与奴吹散月边云。照见负心人"。

② **我心如冰雪**：沈佺[quán]期[qí]《枉系二首》"我无毫发瑕，苦心怀冰雪"。

③ **薄幸人**：杜牧《遣怀》"十年一觉扬州梦，赢得青楼薄幸名"。

14. 望海潮

经年为邻,相见未几①,一朝竟是别离。
茫然四顾②,方寸难属,依稀人在梦里。
把酒做欢颜,谐语频应对,难掩情迷。
芳泽渐远,笑语无闻,泪空啼③。

遥忆风花雪月④,怜金风玉露⑤,恐误佳期⑥。
肤胜吴盐⑦,明眸流波,更有一点灵犀⑧。
纤足踏香阶⑨,相对频私语,暗握柔荑⑩。
但使君心似我,相守永不移⑪。

---

① **相见未几**:李延寿《北史·列传卷七十九》"与夫相见未几而夫死,时年十八,事后姑以孝闻"。

② **茫然四顾**:李白《行路难·其一》"停杯投箸不能食,拔剑四顾心茫然"。

③ **泪空啼**:唐汝翼《惜分飞·春晓》"鹃泪空啼血,满庭香雨飞琼屑"。

④ **风花雪月**:汪洙[zhū]《神童诗》"诗酒琴棋客,风花雪月天"。

⑤ **金风玉露**：秦观《鹊桥仙》（纤云弄巧）"金风玉露一相逢，便胜却、人间无数"。

⑥ **恐误佳期**：秦观《鹊桥仙》（纤云弄巧）"柔情似水，佳期如梦"。

⑦ **肤胜吴盐**：周邦彦《少年游》（并刀如水）"并刀如水，吴盐胜雪，纤手破新橙"。

⑧ **一点灵犀**：李商隐《无题》"身无彩凤双飞翼，心有灵犀一点通"。

⑨ **纤足踏香阶**：李煜《菩萨蛮》（花明月暗笼轻雾）"刬[chǎn]袜步香阶，手提金缕鞋"。

⑩ **柔荑**[tí]：《诗经·硕人》"手如柔荑，肤如凝脂"。

⑪ **但使君心似我，相守永不移**：李之仪《卜算子》（我住长江头）"只愿君心似我心，定不负相思意"。

15. 饮酒（四首）

其一

玉盘珍馐①酒气熏②，

红巾翠袖③舞缤纷。

孤芳终是寡颜色④，

万紫千红才是春⑤。

① **玉盘珍馐**：李白《行路难·其一》"金樽清酒斗十千，玉盘珍羞直万钱"。

② **酒气熏**：白居易《和薛秀才寻梅花同饮见赠》"歌声怨处微微落，酒气熏时旋旋开"。

③ **红巾翠袖**：辛弃疾《水龙吟·登建康赏心亭》"倩何人唤取，红巾翠袖，揾[wèn]英雄泪"。

④ **孤芳终是寡颜色**：赵长卿《虞美人》（江梅虽是孤芳早）"江梅虽是孤芳早，争似酴醾[tú mí]好"。

⑤ **万紫千红才是春**：朱熹《春日》"等闲识得东风面，万紫千红总是春"。

其二

浣花雨

薄酒一杯百忧除，
知音对坐照红烛。
玉枕纱橱①麝气暖②，
无名无禄万事足③。

① **玉枕纱橱**：李清照《醉花阴》（薄雾浓云愁永昼）"佳节又重阳，玉枕纱厨，半夜凉初透"。

② **麝气暖**：高适《效古赠崔二》"美人芙蓉姿，狭室兰

麝气"。

③ **无名无禄万事足**：苏轼《借前韵贺子由生第四孙斗老》"无官一身轻，有子万事足"。

其三

斗酒十千①情难禁，

不见飞鸿传佳讯。

纵是夜深难睡去②，

一寸相思一寸心③。

---

① **斗酒十千**：李白《行路难·其一》"金樽清酒斗十千，玉盘珍羞直万钱"。

② **纵是夜深难睡去**：苏轼《海棠》"只恐夜深花睡去，故烧高烛照红妆"。

③ **一寸相思一寸心**：李商隐《无题》（飒飒东风细雨来）"春心莫共花争发，一寸相思一寸灰"。

其四

金风骤起薄衫透①，

空对黄花香满袖②。

自古多情总相似，

难辞镜里朱颜瘦③。

① 薄衫透：苏轼《菩萨蛮·回文夏闺怨》"香汗薄衫凉，凉衫薄汗香"。

② 黄花香满袖：李清照《醉花阴》（薄雾浓云愁永昼）"东篱把酒黄昏后，有暗香盈袖"。

③ 难辞镜里朱颜瘦：冯延巳《鹊踏枝》（谁道闲情抛掷久）"日日花前常病酒，不辞镜里朱颜瘦"。

16. 夜读

云浓掩月星光淡，夜深妆红枕难眠。
海棠无语花影动，玉人展卷银烛前。

浣花雨

17. 青玉案

杨花漫舞知春暮①。梳妆懒②，倚朱户。
无语泪盈横波目③。落红满阶④，芳尘难驻，帘幕无重数⑤。

秋千空悬无人蹴⑥，关山万里梦难度⑦。
向晚凭栏无人诉。风移影动⑧，惊起频顾，望断来时路⑨。

---

① **杨花漫舞知春暮**：韩愈《晚春二首·其一》"杨花榆荚无才思，惟解漫天作雪飞"。

② **梳妆懒**：康与之《满庭芳·寒夜》"梳妆懒，脂轻粉薄，约略淡眉峰"。

③ **无语泪盈横波目**：李白《长相思·其二》"昔日横波目，今作流泪泉"。

④ **落红满阶**：白居易《长恨歌》"西宫南内多秋草，落叶满阶红不扫"。

⑤ **帘幕无重数**：欧阳修《蝶恋花》（庭院深深深几许）"庭院深深深几许，杨柳堆烟，帘幕无重数"。

⑥ **秋千空悬无人蹴**：李清照《点绛唇》（蹴罢秋千）"蹴罢秋千，起来慵整纤纤手"。

⑦ **关山万里梦难度**：李白《长相思·其一》"天长路远魂飞苦，梦魂不到关山难"。

⑧ **风移影动**：归有光《项脊轩志》"三五之夜，明月半墙，桂影斑驳，风移影动，珊珊可爱"。

⑨ **望断来时路**：刘埙[xūn]《菩萨蛮·题山馆》"长亭望断来时路，楼台杳霭迷花雾"。